La petite sirène

FichesdeLecture.com

La petite sirène
(Fiche de lecture)

I. PRÉSENTATION

Andersen est considéré comme le père du conte de fée moderne. Un premier recueil de contes d'Andersen est publié en 1834, leur succès est immédiat il écrira quelque 173 autres contes. Véritables créations littéraires dans un style très personnel, ses Contes danois placent le merveilleux au cœur de la société contemporaine et non plus dans un ailleurs irréel. Il emploie l'ironie mais pas de morales traditionnelles habituellement utilisées dans les contes. Enfin il ose présenter des histoires tragiques et des fins malheureuses, comme *La Petit Marchande d'allumettes*. Ses contes mettent en scène des rois, des reines, réels ou légendaires, des animaux, des plantes, des créatures magiques : sirènes et fées.

La Petite Sirène nommé également « La Petite Ondine » est l'un de ses contes les plus célèbres. Il a été publié au cours du XIXe siècle.

II. RÉSUMÉ

La Petite Sirène vit sous la mer auprès de son père le roi de la mer, veuf, de sa grand-mère et de ses cinq sœurs. Dès qu'une sirène atteint l'âge de quinze ans, elle peut nager jusqu'à la surface pour observer le monde des humains.

La petite sirène est la plus jeune et attend longuement sa majorité pour monter à la surface, elle est fascinée par le monde des hommes et les récits de ses sœurs ont un goût de trop peu. Elle a hâte que son tour vienne. L'anniversaire de ses 15 arrive, elle se rend à la surface à la tombée de la nuit elle aperçoit un navire avec des feux dans les airs et des marins qui dansent. Mais son regard s'arrête sur un jeune prince, Éric qui fête également son anniversaire. Tout à coup, une tempête se déclenche, les hommes paraissent incapables d'y faire face et le navire chavire et Éric tombe à l'eau. La petite sirène qui le suivait du regard se rappelle que sa grand-mère lui a dit que les hommes ne peuvent pas respirer sous l'eau. Elle le sauve et comme il n'a plus assez de force pour nager elle le ramène, inconscient sur le rivage. À ce moment une jeune femme surgit et la sirène disparaît. Éric aperçoit à son réveil, la jeune femme et pense que c'est elle qui l'a sauvé.

La petite sirène s'en va et dès son retour au palais de son père elle questionne sa grand-mère au sujet des hommes. Celle-ci lui apprend que les hommes vivent bien moins longtemps que les sirènes mais qu'ils ont une âme éternelle, en effet les sirènes peuvent vivre jusqu'à 300 ans, elle lui dit aussi que les hommes préfèrent les jambes aux nageoires des sirènes qu'ils trouvent moches. La petite sirène qui est tombée amoureuse du prince veut elle aussi avoir une âme éternelle. Pour avoir une âme éternelle, sa grand-mère l'informe qu'elle doit se faire aimer et épouser d'un homme : « tu sois pour lui plus que père et mère, qu'il s'attache à toi de toutes ses pensées, de tout son amour, qu'il fasse par un prêtre mettre sa main droite dans la tienne en te promettant fidélité ici-bas et dans l'éternité ».

Alors qu'on organise un bal au palais de son père, la petite sirène se rend chez la sorcière des mers, qui lui vend une potion permettant d'avoir des jambes à la place de sa nageoire, afin de séduire le prince contre sa magnifique voix. Si le prince épouse une autre femme qu'elle, à l'aube la petite sirène se dissoudra dans l'eau. Lors de sa transformation, la douleur est terrible. De même à chaque pas qu'elle fait, elle a l'impression de marcher sur des aiguilles. Le prince la découvre sur la plage, est frappé par sa beauté la ramène dans son château. Il s'attache à elle, mais pas comme à une épouse, il pense toujours à la jeune femme de la plage qui l'aurait sauvé. Mais comme la petite sirène ne peut plus parler, elle ne peut lui expliquer que c'est elle qui l'a sauvé.

Un jour, le prince annonce à la petite sirène qu'il doit se rendre au royaume d'un roi voisin pour épouser sa fille. Le prince la rassure en lui disant qu'il préfèrerait l'épouser elle. Mais lorsqu'il rencontre la fille du roi, il se rend compte que c'est celle qui était sur le rivage. Le prince tombe amoureux de cette princesse et annonce leur mariage. La petite sirène a le cœur brisé, à l'aube, elle se prépare à mourir mais ses sœurs lui apportent un couteau magique. En frappant au cœur le prince avec ce couteau, elle redeviendra sirène à nouveau et pourra retourner dans sa famille. Mais la petite sirène n'arrive pas à tuer le prince et se jette à la mer. Elle ne meurt pas et devient une fille des airs, un être invisible pour les humains. Si pendant trois cents ans elle ne fait des bonnes actions et veille sur les hommes, elle gagnera une âme éternelle.

III. ANALYSE DES PERSONNAGES

Il n'y a pas une grande description des personnages, ce qui est une des spécificités du conte.

La Petite Sirène est d'une grande beauté, sa voix est merveilleuse et comme toutes les sirènes elle ne peut pas pleurer. C'est la cadette de la famille. Elle cultive dans son jardin des fleurs rouges au milieu desquelles elle a installé une statue d'homme. Au début du conte, elle attend avec impatience sa majorité pour monter à la surface de l'eau. Contrairement à ses sœurs, elle est fascinée par le monde des hommes. Elle choisit de changer pour épouser le jeune prince et posséder une âme éternelle après la mort. Pour cela elle subit une transformation physique et accepte de rompre avec sa famille, de perdre sa voix ravissante, et souffre lors de chaque pas effectué.

Ses cinq sœurs ont toutes un an d'intervalle, chacune cultive un jardin où les plantes ont des formes d'animaux aquatiques.

La grand-mère gouverne le royaume des mers et connaît de nombreuses histoires sur les hommes.

Le jeune prince, Éric on sait juste qu'il a des yeux noirs. Lors du naufrage il est inconscient et n'a jamais pu apercevoir la Petite Sirène et savoir que c'est elle qui l'a sauvé. Il pense que c'est la jeune fille qu'il aperçoit, sa future épouse. Quand la petite sirène est humaine, il passe beaucoup de temps avec elle et a beaucoup d'affection pour elle. À aucun moment du récit il ne comprend qui est en réalité la petite sirène et il ne saura jamais les sacrifices qu'elle a faits pour être auprès de lui.

La sorcière des mers vit seule dans un espace macabre fait d'ossements et de plantes carnivores, elle arrive à obtenir des éléments féminins des sirènes : la voix de la Petite Sirène, les cheveux des cinq sœurs et de la grand-mère. C'est elle qui fabrique un breuvage magique pour transformer la Petite Sirène en jeune femme.

IV. AXES D'ANALYSE

Les caractéristiques du conte de fées

Le conte de fées trouve ses origines dans des mythes et des légendes. Il est transmis via la tradition orale, raconté par des conteurs lors de veillées populaires et familiales. Le merveilleux influence la littérature médiévale avec quelques éléments féeriques. Historiquement, la féerie est liée au roman. Les premiers « romans » médiévaux mettent en scène des fées et des enchanteurs comme Merlin.

Dans sa structure, le conte de fées comprend certains ingrédients invariants. C'est un univers merveilleux où les animaux parlent, hors de l'espace et du temps. Le héros doit surmonter une série d'épreuves pour construire sa personnalité qui représentent les véritables nœuds de l'intrigue. En effet le héros ou l'héroïne, subissant un malheur ou un méfait, doit traverser un certain nombre d'épreuves et de péripéties, qui souvent mettent radicalement en cause son statut ou son existence, pour arriver à une nouvelle situation stable.

Le conte de fées se définit aussi par le pacte féerique passé entre le conteur et son auditoire ou ses lecteurs. Ces derniers acceptent de croire à l'univers merveilleux et à ses lois. C'est un monde où les héros sont anonymes, les distances et le temps varient et où toutes sortes de créatures peuvent se manifester.

Éléments merveilleux

Le monde aquatique, le royaume des mers est un univers imaginaire : « il y pousse les arbres et les plantes les plus étranges dont les tiges et les feuilles sont si souples qu'elles ondulent au moindre mouvement de l'eau ». L'auteur décrit un havre de paix ou l'harmonie entre les êtres et l'environnement prône : « Tous les poissons, grands et petits, glissent dans les branches comme ici les oiseaux dans l'air ». Il y a bien sûr un château du Roi de la Mer : « Les murs en sont de corail et les hautes fenêtres pointues sont faites de l'ambre le plus transparent, mais le toit est en coquillages qui se ferment ou s'ouvrent au passage des courants. L'effet en est féerique car dans chaque coquillage il y a des perles brillantes dont une seule serait un ornement splendide sur la couronne d'une reine ».

De plus les fruits abondent dans ce royaume merveilleux : « le château était entouré d'un grand jardin aux arbres rouges et bleu sombre, aux fruits rayonnants comme de l'or, les fleurs semblaient de feu, car leurs tiges et leurs pétales pourpres ondulaient comme des flammes. Enfin l'auteur utilise plusieurs métaphores pour accentuer le caractère merveilleux de ce royaume : « Surtout cela planait une étrange lueur bleuâtre, on se serait cru très haut dans l'azur avec le ciel au-dessus et en dessous de soi, plutôt qu'au fond de la mer. Par temps très calme, on apercevait le soleil comme une fleur de pourpre, dont la corolle irradiait des faisceaux de lumière ».

Les personnages aussi appartiennent à l'univers merveilleux, la grand-mère : « C'était une femme d'esprit, mais fière de sa noblesse ; elle portait douze huîtres à sa queue, les autres dames de qualité n'ayant droit qu'à six ». C'est une grand-mère aimante qui aime s'occuper des petites princesses de la mer, filles de son fils. Enfin il met en valeur la petite sirène : « la plus jeune était la plus belle de toutes, la peau fine et transparente tel un pétale de rose blanche, les yeux bleus comme l'océan profond...C'était une singulière enfant, silencieuse et réfléchie ».

La trajectoire de l'héroïne

Fascinée depuis toujours par le monde des hommes, elle attend avec impatience ses 15 ans pour pouvoir monter à la surface et contempler ce monde.

La trajectoire de la petite sirène suit un mouvement ascensionnel : elle évolue respectivement dans les espaces aquatique, terrestre et céleste. Au début elle appartient au monde des mers, puis à celui des hommes et enfin elle devient une fille des airs, un être invisible pour les humains. Mais chaque transformation implique des sacrifices : pour devenir une jeune femme, elle doit renoncer à sa famille, perdre sa nageoire et sa voix. Lorsqu'elle marche, ses deux jambes la font atrocement souffrir. Enfin lorsqu'Éric épouse une autre femme elle doit choisir entre le tuer pour retrouver sa famille ou se laisser mourir. Alors que le monde des hommes l'a déçue et que le prince ne s'est pas rendu-compte de qui elle était réellement, elle décide encore de se sacrifier et ne le tue pas, se jetant dans l'écume. En devenant une fille des airs, elle doit : « faire le bien, tout le bien que nous pouvons, nous obtenons une âme immortelle et prenons part à l'éternelle félicité des hommes » pendant 300 ans.

Dans la même collection en numérique

Les Misérables

Le messager d'Athènes

Candide

L'Etranger

Rhinocéros

Antigone

Le père Goriot

La Peste

Balzac et la petite tailleuse chinoise

Le Roi Arthur

L'Avare

Pierre et Jean

L'Homme qui a séduit le soleil

Alcools

L'Affaire Caïus

La gloire de mon père

L'Ordinatueur

Le médecin malgré lui

La rivière à l'envers - Tomek

Le Journal d'Anne Frank

Le monde perdu

Le royaume de Kensuké

Un Sac De Billes

Baby-sitter blues

Le fantôme de maître Guillemin

Trois contes

Kamo, l'agence Babel

Le Garçon en pyjama rayé

Les Contemplations

Escadrille 80

Inconnu à cette adresse

La controverse de Valladolid

Les Vilains petits canards

Une partie de campagne

Cahier d'un retour au pays natal

Dora Bruder

L'Enfant et la rivière

Moderato Cantabile

Alice au pays des merveilles

Le faucon déniché

Une vie

Chronique des Indiens Guayaki

Je voudrais que quelqu'un m'attende quelque part

La nuit de Valognes

Œdipe

Disparition Programmée

Education européenne

L'auberge rouge

L'Illiade

Le voyage de Monsieur Perrichon

Lucrèce Borgia

Paul et Virginie

Ursule Mirouët

Discours sur les fondements de l'inégalité

L'adversaire

La petite Fadette

La prochaine fois

Le blé en herbe

Le Mystère de la Chambre Jaune

Les Hauts des Hurlevent

Les perses

Mondo et autres histoires

Vingt mille lieues sous les mers

99 francs

Arria Marcella

Chante Luna

À propos de la collection

La série FichesdeLecture.com offre des contenus éducatifs aux étudiants et aux professeurs tels que : des résumés, des analyses littéraires, des questionnaires et des commentaires sur la littérature moderne et classique. Nos documents sont prévus comme des compléments à la lecture des oeuvres originales et aide les étudiants à comprendre la littérature.

Fondé en 2001, notre site FichesdeLectures.com s'est développé très rapidement et propose désormais plus de 2500 documents directement téléchargeables en ligne, devenant ainsi le premier site d'analyses littéraires en ligne de langue française.

FichesdeLecture est partenaire du Ministère de l'Education du Luxembourg depuis 2009.

Plus d'informations sur www.fichesdelecture.com

Notes :